AF580397

Ignacio McFall y otros relatos no recomendados

JUAN A. PASCUAL

Av. Pedro Henríquez Ureña No. 134,
La Esperilla, Santo Domingo, Rep. Dom.
Email: editorialsantuario@gmail.com
Web: editorialsantuario.blogspot.com
Tels.: 809 412-2447; 809 637-1918

Título:
Ignacio McFall y otros relatos no recomendados

Autor
Juan A. Pascual

Primera edición:
Octubre de 2024

Edición al cuidado del autor

ISBN: 978-9945-654-75-2

Impreso en República Dominicana.
Printed in Dominican Republic

CONTENIDO

MUSEO

En memoria de Ray Bradbury.

Se destilaba una hermosísima mañana, la atmósfera marciana estiraba sus brazos, acabando de despertar. Se respiraba una tranquilidad inquietante, era como estar conscientes de que toda esta belleza y buena vibra tenían algo inexplicable e inusual. No obstante, la extraña sensación no nos impidió dar inicio a la agenda del día. Como sabrán, nosotros los marcianos somos seres extremadamente perfectos en cuanto responsabilidades y acciones se trata, más aún cuando se habla de nuestro tiempo libre. Habían transcurrido unas dos semanas y ocho horas, desde que Leila –que odiaba su nombre terrícola– y yo habíamos tomado la muy correcta decisión de ir al museo para ver una excelentísima exposición de personajes humanos. Tanto a ella como a mí nos fascinaba ir al cine y ver historias relacionadas con esos temas o simplemente que contaran una realidad o que tuvieran la capacidad de transportarnos hacia la época donde ocurrió el hecho. Las 8:00 en punto exactamente y ya partíamos extasiados al museo. Al comenzar, ella sujetaba mis extremidades con sutileza, y en sus ojos se notaba una gran carga de curiosidad.

–He aquí uno de los especímenes que más años vivió: El político. Lo que sabemos de él es que era un humano muy sagaz; sabía cómo sobrevivir llevando a cuesta el poder. Un cazador como ningún otro, socialmente hablando, claro está; causó estragos, desbalances, rompió paradigmas de corrupción, digirió abruptamente economías enteras. Era un ser magno, insaciable, siempre buscando como salirse con la suya, sobre todo, dando la espalda a la ciencia que lo vio nacer como profesional.

–¡Wao! –murmuraron todos.

–Este se ha conservado muy bien, lo encontramos en una especie de abadía subterránea. Sujetando estos papeles, los humanos le llamaban dinero y tenía un gran valor para ellos en especial para estos especímenes que se hacían llamar los representantes de sus naciones, los verdaderos héroes, de quienes se podrían escribir cientos de epopeyas de cada uno de ellos…Uno de los turistas suspiró – ¡Ah! Qué primates más interesantes, tengo entendido que eran científicos sociales, magníficos, dominaban el arte del engaño, hipnotizaban con las palabras, eran caballeros en el papel, tipos ejemplares, verdaderos hombres. Eso es lo que nos falta a nosotros los homomartus. El guía era paciente, un tipo con años de experiencia, que parecía sobrepasar los campos de la madurez, conocido por ser un monje de las guías turísticas, toda una leyenda del área. En el panfleto, se manifestaba el grado de preparación de este historiador. Para él, era normal que este tipo de comentarios salieran a flote, la costumbre lo había transformado en un maestro, que sabe lidiar a sus alumnos. Sabiendo bien que, un comentario como ese, era el génesis de una ola malhumorada de suspiros y rumores, de murmullos y reacciones en pro y en contra, alzó la voz, llena de energía, tratando de eliminar, y calmar cualquier comentario…

pero fue en vano, no bien había iniciado cuando se escuchó desde atrás, una voz gruesa, que golpeó a cada uno de los marcianos que se encontraban allí.

Leila, se sujetó fuerte a mí, y yo buscaba entre los que nos acompañaban quien era el dueño de la voz de trueno. Efectivamente, al verlo, fui testigo de cómo dividió el mar rojo de marcianos en dos, creando una especie de pasillo, y un silencio espacial.

–¡Bastardo!, dijo con sus ojos llenos de dolor. No puedes negar que eres un vil, corrupto y abominable gusano –todos volvimos a asombrarnos–. ¿Tienes la fiereza y la fuerza para repetir eso otra vez, delante de mí? ¿Cómo puedes alabar y ser devoto de un animal cómo este? Es que nunca te has leído la historia de la Tierra, debes de ser de esos que sólo ve novelas, series absurdas y uno que otro cuento de superación personal, un ingenuo. Yo estaba impactado, sujeté a Leila y nos colocamos detrás y en un ángulo donde se podía apreciar todo, mejor aún, el sitio estratégico óptimo a la hora de que se armara un reperpero. –Ingenuo ¿yo? El poder es lo que nos lleva a la gloria y ellos son parte de esa civilización, son glorias, son historia y tipos como tú nunca lo entenderán, eres de los que se sientan a que le den pan y circo. ¡Imbécil! Nuestro querido, excelentísimo, e inmutable guía, mantenía su fría postura, tranquila y reservada, ya que no era la primera vez que se enfrentaba a dos tipos, altos, fuertes, y llenos de odio: lo transpiraban. Siguió su estrategia, decidiendo aún qué hacer un llamado a la calma era una de sus principales cartas e intentó alzar la voz…pero, esta vez, una señora, algo pequeña, con sus orejitas marcianas, sus antenitas, pequeños ojos y algo arrugada, salió de la nada y con su voz aplacó a los gigantes.

–Qué inmaduros son, dijo la anciana marciana, no puedo creer lo que mis antenas perciben: odio. Sonrió maquiavélicamente ¿Qué son esos sentimientos primitivos? Increíble y sobre todo se hacen llamar homomartus, esta discusión es hasta irrisoria, es una lástima que aún haya marcianos como ustedes, ¡terrícolas!

NOCTÁMBULOS

La luz eléctrica se fue llevándose consigo el zumbido del abanico eléctrico. Sentí la soledad, luego los mosquitos. Me tumbé, respiré hondo, intenté reencontrar el sueño. Marcos, roncaba en la cama de arriba. Volví a despertarme. Aún seguía seco, aún sentía la soledad y los mosquitos. Me toqué la barba, y pensé en afeitarme al levantarme, sin que el tiempo me cogiera. Sentado a la orilla de mi cama, me puse de pie, caminé y vi en la ventana la figura decadente, y grisácea del viejo Julián, fabricando bocanadas, sentado en su silla de plástico, con las piernas cruzadas, descalzo. Don Julián, que como dicen en el barrio está pagando sus malcriadezas, portaba un arma blanca, y vestía una camisa desabotonada y pantalones cortos. Su historia, una mancha que a tiempo pudo resolverse, pero el orgullo y el machismo vertical lo impidieron. Decía Don Percival, que en paz descanse –Él hombre que sabe que no se puede casar, que no lo haga, y más si usted no tiene concepto de familia y lo que eso implica. Lo ocurrido con Don Julián daba pena, octogenario, sólo en una pensión, delgado, alimentándose del cigarro y el ron. Pero sobre todo casi abandonado. Una de sus hijas vivía cerca de él, con un par de nietos. Pero estaban demasiado ocupados como para brindarles algún tipo de compañía. Mientras que yo ya no podía sentir la soledad. –¿Estás despierto? Preguntó la voz en el techo. No, le dije –¿Es él calor, no? La luz se fue, y no volverá hasta las seis, sabes. –Lo sé, dije.

Vivir aquí fue un error. –El dinero que ganamos, no nos alcanza para más y lo sabes. –El viejo Julián está bajo la mata de mango, fumando. Marcos, rodó hasta el barandal, suspiró y en un tono suave, me dijo: duerme, mañana es lunes...

Volví acostarme, tomé la sabana y la tiré a un lado de la cama.

–¡Coño! –Se escuchó desde la calle– Ese tipo, me tiene harto ¿Cómo puede pasar con esa música tan alta, a estas horas de la noche?

No podía conciliar el sueño, la noche estaba desfigurada, llena de figuras desequilibrantes. Parecía, una noche loca, balbuceando cosas, llena de sucio y maloliente. La madrugada se encaminaba, en la calle se escuchaban los perros, los gallos locos, pasos de personas que parecían llegar desde sus lugares de trabajo, como Pepe, que era mozo en un restaurant. Lancé el brazo hasta la mesita de noche, busqué la caja de fósforo y la vela. La encendí, caminé hasta el refrigerador, sólo unos pasos. Tomé la silla de guano y la moví hasta la mesa que estaba llena de losas sin lavar, restos de alimentos, y algunos objetos que habíamos tirado

¡Somos hombres! Me serví un poco de yogurt y de nuevo suspiré. Admiré nuestro cuchitril.

Pequeño, sucio y con malos vecinos. La madrugada aún persistía con su proceso: se derretía. Los gatos conversaban en el patio, y el viejo Julián seguía fumando.

Vivir aquí fue un error, pero el sueldo no nos da para más. Salimos del pueblo, Marcos primero y yo al año después llevando con nosotros la inocencia, las advertencia y un sin números de vainas más. Ni bien había alcanzado los 17 años cuando ya estaba haciendo las maletas para venir a la ciudad. En busca de mejor vida, porque la vida de campo no es fácil, porque somos pobres, porque siendo profesional, todo saldría mejor. Hemos cumplido dos años residiendo en este lugar, como soldados en guerra, luchando contra el chisme, los tigueres y su aumento constante del peaje, contra el maldito ruido, los mosquitos, los apagones, los malnacidos ladrones, el mal olor de la cañada…¡Sea lo que sea que hayamos hecho, lo estamos pagando! Y bien caro. La dulce voz clamó –Por Dios, la luz no llega sino hasta las 6, intenta descansar. Reiteré el suspiro, observé el techo putrefacto, caminé hasta el cuarto, coloqué la vela en la mesita de noche y la apagué. Intenté dormir bocarriba: tuve pesadillas. Me revolqué de un lado para otro, tomé la sabana y la tiré, me quité la franela, rasqué mi cabeza. Y mientras me empeñaba en encontrar el sueño, escuché los gritos de Don Julián

–¡Sal! Maldito ladrón, te estoy viendo. Me acerqué de nuevo a la ventana, Marcos roncaba. El viejo Julián señalaba hacia el patio de doña Elupina, una señora entrada en edad, que vivía de vender pollos y gallinas en su patio.

–¡Doña Elupina! ¡Un ladrón!

Una luz blanca, salió desde el fondo del patio. –¿Dónde está?

–Detrás de la mata de cereza, gritó.

–¡Sal, coño! Volvió a gritar.

–¡Ay Don Julián! Vociferó el vecino de enfrente –Deje de beber romo malo, ahí no hay nada.

–'Ta bien, eso es lo que tú crees. Mira que 'ta ahí, 'ta ahí. Su insistencia empezó a rayar en la locura. Observé la luna y las nubes nocturnas; la madrugada está otra vez transparente, loca. Los vecinos empezaron a brotar de sus casas; los gritos del viejo Julián despertaron a una gran parte. Marcos roncaba. El reguero, las mujeres fantasmas llenas de pinchos y tubos en la cabeza, los hombres lobos en pantalones cortos, y yo desde la ventana siendo testigo del plato del día de mañana. El viejo se calmó, después que la vecina de al lado le tiró un balde de agua fría y todos volvieron a sus madrigueras. El vecino de enfrente, había sacado su arma de fuego y con la ayuda de dos hombres más entraron en el patio de Doña Elupina, caminaron despacio, como en las películas, hasta la mata de cerezas y no encontraron nada.

–Ese maldito tabaco y el ron te tienen loco, viejo e' mierda.

–No jodas tú, que yo lo vi.

–Va pa' allá, viejo baboso…

El abanico, volvió a la vida, los vecinos ya habían regresado a sus hogares. La alarma del teléfono móvil se escuchó desde la mesita de noche. Marcos se levantó, me miró triste, yo aún contemplaba la calle desde la ventana, y me preguntó ¿Dormiste algo?

–No– le dije en un tono apagado.

–Pues te jodiste, es hora de prepararnos para ir a trabajar.

QUERIDO RENARD

Quiero volver. Regresar al tercer mundo, ser parte de lo natural. Me aburren los juegos de béisbol conducidos por computadoras. No me gusta el aire pesado y mal oliente de estas metrópolis. Allá la vida no es fácil, pero no te chocheas ni conviertes las sillas en una extensión de tu cuerpo. Las cosas son diferentes, son atrasadas y el modernismo nos separa, la desigualdad prima, porque así fue creada la sociedad, así se sostiene, así nos amamanta ¿Por qué decidí salir? La respuesta es: sueño, uno que se traducía en bienestar, uno translucido, que permitía compartir la luz. Hoy esa luz no es más que lavar baños, que vender comida chatarra, transpirar otras culturas. De donde vengo soy profesional, era bueno en lo que hacía, pero el sueño, el deseo de ganar más y vivir mejor, eran postres de felicidad que quería degustar. Mientras hablaba, Renard parecía trepar una pared con sus propias manos, un muro alto que en el pasado trepó, pero ya no es lo mismo. Las decisiones que se toman de manera precipitada, poseen muchas veces respuestas tardías, que dejan un gusto amargo luego de tragar. Tal vez no sea tarde para él, pero es difícil, dejó que todo lo atrapara. No hay huellas de vuelta que pueda seguir. –Ahora lo lamentas, como si fuera tan sencillo– le dije, pero él no escuchó. Entonces me dirigió una mirada y recordó: Antes de partir me prometieron que en este país mi profesión tendría más valor y que podría ejercerla, pero el tiempo, yo y las circunstancias nos hemos encargado de exterminarla, apenas domino los conceptos básicos... ¿Es irónico, no? Luchar tantos años en una institución superior, ser el mejor de tu clase, ser responsable, ser profesional y luego terminar como administrador de un edificio. No es tan fácil mi querido Cornelius, nada fácil, me contestó. Luchar nunca es fácil, le contesté.

El silencio nos rodeó, estábamos en su apartamento, yo era el vecino con quién más conversaba; la forma en la que nos conocimos fue extrañamente graciosa, había perdido las llaves de su hogar, y tenía un fuerte dolor de estómago, tocó varias veces mi puerta, y su cara –¡Jeje!– su cara estaba roja y llena de sudor, un mulato sonrojado; cuando abrí la puerta sólo me dijo que lo dejara pasar al baño, pero yo lo cuestioné, y me maldijo, chorreó palabras soeces como nadie, y luego...salió de mi baño con el rostro lleno de satisfacción. Esbocé una sonrisa mientras recordaba ese momento, de modo que cualquiera me tomaría por loco. Su cabeza reflejaba sus 25 años residiendo en una ciudad que lo ha devorado.

–Me dices que tus familiares lo han derrochado todo, y tus hijos quieren venirse a vivir contigo, ¿no?

–Sí, quieren venir, pero yo no me siento bien con la idea de que vengan

– ¿Crees que se sentirán igual que tú?

–No son iguales

–¿Entonces? Han crecido sin un padre, y eso es peligroso.

Esa última oración la interioricé bastante, tanto que entendí que en el fondo ese era otro muro que había crecido con el tiempo poco a poco, en proporciones sin iguales. No es sencillo, "Amor de lejos, felices los cuatro", pero esa regla no se aplica con los hijos, "Madre sólo una, padre cualquiera". Respiré y coloqué mi mano sobre su hombro mientras él, impávido, contemplaba el techo.

–Difícil compadre, difícil.

Sonriendo, bajó su mirada al piso, acomodó sus sandalias, se puso de pie y lentamente caminó hacia una pintura ubicada en la parte superior derecha en el fondo de la sala, lo enderezó, diciéndome –las complicaciones son parte de la vida.

Soy padre, él lo es, y sabemos que las cosas no son iguales cuando es otro que ocupa ese lugar ¿Qué edad tienen? Le pregunté. –15 y 13 años, me contestó algo distraído ¡Adolescentes! Una ecuación interesante, pensé.

–A veces pienso que sería lo mejor, sabes, que podría iniciar de nuevo. Una nueva oportunidad paternal. Lo miré, percaté ese sabor a añoranzas, lo sentí, saboreé la idea, y pensé: si estuviera en su lugar ¿Qué decisión tomaría? Él ha perdido años, su hipótesis se centra en que ese tiempo se puede ganar de nuevo, yo en cambio danzo con la duda. ¿Su madre qué opina? Le pregunté con cuidado ¡Qué va decir! ¿Qué puede decir? Ella les ha sembrado la idea de que aquí les va ir mejor; tal vez tenga razón, pero ella sólo quiere cargarme el dado... Al escuchar esas palabras le dije –Egoísta ¿Cómo puedes expresarte de esa forma? ¿Cuántas veces estuviste sin trabajo, varado y sin poderlos ayudar económicamente? Sólo dime ¿Eh? ¿Tan rápido lo has olvidado? Esa señora es una santa y quién sabe si más. Entonces me miró con esa cara de perro viejo, perro que aún posee dientes, que aún puede morder.

–Lo sé, es mi esposa, sé lo que tengo. Primero, dudas sobre traer a tus hijos; te bañas de esperanza, pero al mismo tiempo te conviertes en un filósofo incapaz de llevar esos planteamientos hipotéticos a tu realidad. En ese momento ya estaba un poco incómodo, no sé qué me pasó, estaba como loco, me molestaba el hecho de que Renard tuviera una actitud tan flemática. Años enteros sufriendo por volver junto a su familia; siempre que iba y se tomaba unas semanas regresaba con la cara más larga. No saben las veces que vi este señor perdido en el alcohol, sumido en miradas hacia ningún lugar en las navidades, como cuando buscas una estrella para orientarte, así lo he visto, he sido un testigo fiel de todo eso y tal vez más. En tanto yo me ahondaba en la rabia, él arrastraba sus pesados pies por el pasillo, en ese momento me dieron ganas de brindarle un escarmiento, no obstante recordé: desde que lo conozco ha sido un personaje extraño, con su forma de vestir atrapada en los 80´s, su pausado paso desesperante, sus externados ejercicios reflexivos llenos de razonamientos bien estudiados (quienes no lo conocen, dirían que es psicólogo, filósofo, tal vez siquiatra), nada lo jode demasiado como para sacarlo de su eterna pasividad. Con esa frialdad juraría que nació para matar (el personaje perfecto para el ejército). En ese instante me dije: si llego a conocer a la señora Renard, le extiendo mis felicitaciones, sólo un ser especial es capaz de darle un sí, al negado hijo del Dios Paciencia ¡Houston volvemos a tierra!

–Escucha –le dije– es importante que tú sepas qué es lo que quieres, desmenuza, como bien sabes hacer, cada una de las aristas de esa situación, sumérgete en tu mar de...y luego toma la decisión. Cornelius, suspiró mi nombre, lo he hecho –Bien, le dije–. Si lo hiciste por qué titubeas tanto ¿Es cuestión de dinero? Le pregunté, pero él impertérrito ante la pregunta, dijo –No es eso, tengo el trabajo más estable que he tenido en estos veinticinco años de residencia, sumado a la remuneración que es muy buena; es un complejo habitacional vanidoso, hermoso, prolijo, lleno de papeletas vivientes. Esa no es la razón.

–Perfecto, el dinero no es lo que te impide tomar la iniciativa, le comenté, no obstante al mismo tiempo le bombardeé otra vez –

Egoísta. En ese instante me observó y explotó – Cornelius, eres mi amigo o la conciencia de un asesino ¿Qué te pasa?

–No lo soy… ¿Entonces? Basta de apuñalarme, trata de ponerte en mi lugar ¿Crees que una persona como yo es capaz de ser un buen padre ante dos adolescentes? ¿Eh? Lo sabes, soy extraño, ni siquiera sé aún, cómo carajos mi esposa me hizo caso. Ese sí que es un misterio –le dije– mientras esbozaba una sonrisa.

–No te burles, esto es serio. Está bien, iniciemos nuevamente ¿Quieres que vengan, sí o no? Tal vez. Esa no es una respuesta rotunda Renard, debes dejarte de juegos tontos, son tus hijos; hace unos minutos soñabas con que estuvieran aquí y de repente te enfrascas en un vaivén de preguntas. El silencio colmó el lugar, ambos nos observábamos, dos vaqueros en medio de un duelo: disparé primero. –No importa cuanto te diga o te aconseje hacer, al final tú haces lo que te da la gana. El evadió el disparo, y aprovechó un descuido –Hablas de que haga sacrificios, pero tú deberías poner en práctica esos consejos, te crees un coach de vidas perfectas, un mensajero de la energía positiva y estás tan mal como yo ¿Me equivoco? Nos enfrascamos en una discusión, nos dimos con todo, blasfemamos y cantamos himnos soeces, la situación fue tan fuerte que alguien tocó a la puerta preocupado y preguntó – ¿Está todo bien? Sí, le respondimos a coro.

Sudorosos y cansados de odiarnos, señora Renard, lo único que nos quedó fue una despedida sin palabras. Él abrió la puerta, yo salí con la manos en los bolsillos, mordisqueaba mis labios, cuando detrás de mí escuché la puerta cerrarse. Semanas después la vi a usted y al resto de la familia, por eso en esta noche brindo por cada uno de ustedes y por el bastardo de su esposo ¡Salud!

–¡Salud!

IGNACIO MCFALL

I

Recientemente ha vuelto a los tabloides la historia de Ignacio McFall. Mi gran amiga Mercedes, banileja de la estirpe Canaria y judía sin saberlo, conoce muy bien a este perspicaz personaje de la vida real. Las palabras de Muné, como cariñosamente la llamamos, sobre McFall inician muy tempranas; en la infancia, cuando para finales de los Ochenta llegó a su vecindario un chico algo tímido, para ese entonces con grandes ojos grises, delgado y muy bien vestido. La Familia McFall, se instaló al fondo de la calle, luego de restaurar una casa con suspiros victorianos y rodeada de muchos árboles frutales. Cuando desmontaron la mudanza, cuenta Muné, fue todo un show, y todos murmuraban queriendo saber quiénes eran aquellos nuevos vecinos. El efecto de clase media alta, no duró en acentuarse al ver todas las mañanas, muy temprano, salir en un carro de fabricación europea al señor McFall, de descendencia irlandesa, economista, y como él bien decía, un fajador nato y a su hijo, que para ese entonces cursaba el cuarto grado. La madre de este último, Ana Balcácer, era una señora muy elegante, esbelta, trigueña y ojos color ámbar. Una familia de tres, que modestia y aparte, parecían haber sido sacados de alguna historia hollywoodense. Desde pequeño, Ignacio fue educado como un vencedor, Muné, decía que nunca perdió una votación para ser presidente del curso ¡Nunca! Y la Directora era una abanderada de él: en los actos, en las obras de teatro, los debates, y hasta en la reuniones de padres y maestros. Era la definición pura de "Carita bonita". Su capacidad para conquistar corazones era muy buena, y con los años empezó a rayar en la perfección incluyendo en su modus operandi: regalos, palabras bonitas, y una sonrisa excelentemente trabajada (llegó a ser parte de los niños que participaron en un anuncio de televisión, aquel sobre higiene dental, de la marca que ustedes bien saben, que pasaban a cierta hora de la noche y que además alertaba a los padres sobre la hora para mandar a los chicos a dormir) y sobre todo, estilo, mucho estilo. Era como ver, decía uno de los allegados a Ignacio, una especie de mini maquiavélico presidente, grácil, bien vestido, y popular, tan popular que llegó a tener su propio cuerpo de seguridad en la escuela, creado por dos de sus más cercanos "amigos". Era muy gracioso, comentaba Muné, ver a un par de chicos altos, con radios amarrillas, y gafas oscuras robadas a sus padres, cuidar al "Halcón". No fueron una, ni dos las veces que se intentó acabar con él, por ejemplo, el grupo de los "8", que estaba dirigido por Andrés, quien en ese entonces, era considerado su principal rival, trató varias veces de romper ese círculo especializado de seguridad, fracasando en múltiples intentos. Para ese entonces, McFall hijo, siempre estuvo muy bien informado, y los intentos del grupo de los "8" nunca cuajaron en darle el golpe de gracia. Correcaminos y Coyote. En las convivencias familiares dentro del colegio, su familia llamaba la atención con tan sólo estar presentes. Su cuerpo de seguridad, nunca lo dejaba solo, lo esperaban al bajar del vehículo por las mañanas, por asuntos de seguridad no permitían que fuera a la cafetería, ni que en los paseos escolares se sentara en la parte de atrás del Bus: la cocina. Todo, como decía Muné, un espectáculo.

II

Recibí un mensaje al teléfono celular de parte de mi esposa, donde me manifestaba estar sorprendida por lo que acaba de ocurrir: Ignacio McFall, había sido encarcelado, y la juez había dictado un año de medida de coerción. Inmediatamente telefoneé a Muné para saber que había pasado.

–Fred, sabes que esta no es la mejor vía para que conversemos. Veamos si podemos citarnos en una de esas plazas o ¿qué te parece si nos vemos en la parroquia del liceo? Reflexioné un poco sobre la petición, y estando consciente de que la privacidad roza la línea de la clandestinidad en esta sociedad, no tuve más remedio que acceder a su petición. Le contesté que sí, pero que no podría estar a las seis como ella me solicitaba, soy un obsesionado de la puntualidad y sé muy bien lo mal que se porta el tránsito a esa hora, entonces acordamos que en la mañana siguiente, sería lo mejor. Al llegar a casa, me moví rápidamente, tomé un baño, me puse cómodo, ayudé a los chicos con sus tareas y al finalizar me deslicé hasta el aposento donde me esperaban.

–Te tardaste.

–Sí, gajes del oficio.

–¿Otra vez las matemáticas?

–Naturalmente, no es fácil para ambos ¿Cómo te ha ido con los otros?

–Bien, se me da muy bien el trabajo con manualidades y a ellas también. Creo que las gemelas nacieron con mis habilidades.

–Psss!

La noche marchó breve. En la mañana, al salir al balcón percibí que aún nos situábamos en invierno, y la mañana se tornaba muy oscura y fría. Llamé a la casa curial y una voz estropajosa me dio los buenos días, y confirmó que me esperaba para abrirme el portón de la parte oeste del liceo, un acceso poco conocido y raras veces utilizado. Imagínense el provecho que le sacó un grupo de adolescentes como nosotros, con el apoyo de un portero buena gente y charlatán. Mientras calentaba el vehículo, leía el Salmo 91, como me enseñó mi viejo. Una silueta se acercó a la ventana y sin decir nada movió la mano derecha en señal de adiós, y luego lanzó un beso, que igual respondí. Salí disparado y mientras transitaba, recordé una serie de atajos, que hacía años no tomaba, y en menos de lo que canta un gallo, ya me aproximaba al portón oeste del liceo. No tuve ni siquiera que tocar bocina, él viejo Hugo, me esperaba, abrió y me indicó donde parquearme. (tan pronto como) me desmonté, me abrazó diciendo –muchachito, muchachito, no seas tan malo, recuerda que sigo aquí, date una vuelta de vez en cuando. Me dio mucha vergüenza, sabiendo lo que él significó en esa etapa de nuestras vidas. Al aproximarnos al salón parroquial, la luz del pasillo me mostró un rostro bastante maltratado por los años y sobre todo lleno de añoranzas. – No se preocupe mi viejo, que vendré a verlo y le traeré a los niños para que vea lo grandes que están.

Llegando, a tan sólo unos pasos, en la puerta detrás de una pared falsa, me esperaban, pero no era Muné, era Alfredo la Rata; me sonrió muy secamente y luego me saludó de forma hipócrita como siempre. Tenía un traje azul, cabello largo (se cree Carles Puyol), zapatos caros y un anillo de oro en su mano derecha con un símbolo extraño, quizás masón.

–Te noto sorprendido, Freddy.

–La verdad, no. Con los años uno va perdiendo esa capacidad de sorprenderse, y menos de una figura como tú.

–Vamos Freddy, deja el veneno. El pasado quedó atrás, soy un hombre nuevo.

–Lo que está a la vista, no necesita espejuelos.

El silencio irrumpió, y a buena hora. Alfredo, formó parte del séquito de Ignacio, desde que llegó al primer año de bachillerato. Aunque para ese entonces Ignacio no usaba su guardia de la escuela que por tantos años lo protegió, sino qué apeló a una especie de mano derecha del mal, un joven fanático, radical, intolerante, violento, irrespetuoso pero con la capa de súper amigo. Pero lo sorprendente, es que Alfredo estaba dentro del listado de estudiantes meritorios (excelente matemático). A unos pasos de la sala, Alfredo me detuvo y avanzó solo; transcurrieron unos 5 minutos, cuando salió un grupo de hombres y mujeres bien vestidos, con rostros serios pero, sobre todo, enmudecidos.

–Pasa Fred– se escuchó desde el fondo. Miré a mi izquierda; Alfredo y Marina Zelaya estaban allí sentados, siguiéndome con la mirada, y para mi sorpresa, además de Muné, Luis José Cáceres, un gran amigo, a quien saludé con un afectuoso abrazo.

–No esperaba verte por aquí.

–Es aconsejable que nunca esperes nada de mí. Nunca. Es una de mis grandes virtudes.

–Te aprecio lo suficiente –le dije, con voz resuelta– como para esperar algo de ti.

Tras unas carcajadas de cinismo, se escuchó un tilinteo, el viejo Hugo, se asomaba con una bandeja, tazas, azúcar y café. Nos acomodamos todos y al primer sorbo Muné, me miró y me dijo –a McFall, le tendieron una trampa política y cayó, se dejó arrastrar por una chica hasta una fiesta de uno de esos artistas que viven en su circunscripción y lo grabaron, además la chica presentó una querella contra él por maltrato, a eso suma que ella es menor de edad. En ese momento, Luis José intervino diciendo -pero todo eso tiene solución, Muné y yo nos encargaremos del caso, Alfredo hará eso que siempre hace y Marina manejará la prensa, empezando por una visita a tu programa.

-Todo esto es irónico, saben como soy, y sabiendo como soy me piden que les sirva de...

Cuando estábamos en bachillerato yo aún no conocía a McFall, pero sí había escuchado de él y viceversa; el destino nos junto a todos en el segundo año y la rivalidad siempre paseó con nosotros hasta el último año. Para ese entonces él había creado todo un grupo estudiantil, un movimiento que se hizo más grande de lo que los profesores pensaban. Alfredo fue su agente catalizador, como si fuera mafioso integró al equipo de básquetbol, al de ajedrez y a las chicas de voleibol con un símbolo, un nombre y una frase que los identificaba. Pero, no bastó. Las profesoras de matemáticas, ciencias sociales, comercio, el profesor de idiomas, informática, y electrónica, también cayeron. Nosotros, en cambio, no fuimos tocados hasta que Muné decidió por voluntad propia unirse, a diferencia de unos cuantos rebeldes que solíamos gravitar en otros mundos. No fue hasta iniciado el tercer año cuando la bomba de su poder cayó; la Directora de aquel entonces, Licenciada Marcel Martino, humilló a una docena de estudiantes en la cancha, alegando que era necesario para que la disciplina volviera al plantel. Grave error. Todo había sido una trama planeada para proteger de la expulsión a algunos profesores y una parte de la lumpen de Ignacio, que habían causado estragos el año (anterior) y habían terminado muy mal en su puntaje general.

Los chicos protestaron, se apoderaron del plantel y exigieron la salida de la directora; las protestas se extendieron casi por una semana. Confieso que yo lo tomé como un descanso, hasta que Luis José llamó a casa y me dijo –es hora de que esto acabe, él no es tan inteligente, y la cosa se está yendo por otro rumbo, suspiré, y le dije que hablaría con mi padre para que desde el canal donde trabajaba me apoyaran con una irrupción dentro del recinto, usando un helicóptero. Una escena bien montada. Muné, Luis, un camarógrafo y yo descendimos bien vestidos en medio de los patios, sobre todo muy emocionados, más que preocupados. El plan era, llegar hasta él, entrevistarlo y ofrecerle el cese de la huelga, no prometiendo la salida de la directora, sino manteniendo a los chicos y los profesores que apoyaban el despido de la Licenciada Marcel Martino. Al llegar a la puerta, Luis miró a los que estaban ahí y sin decir palabra alguna nos dejaron pasar al salón de profesores. Sin vacilar, le pedimos al camarógrafo que nos dejara a solas con él y Alfredo; la diplomacia de Muné terminó por disuadirlos; a eso le súmanos la astucia de Luis de dibujar ante el mundo un guión perfecto, que incluía una entrevista realizada por mí. Todo salió a la perfección. Todos salimos ganando, hasta los profesores que apoyaron la huelga.

Me recogí un poco, vi la taza de café, y otra vez le dije a Luis que era imposible que yo me atreviera a... –Fred, me dijo, con su voz llena de confianza, es como quitarle un dulce a un bebe; lo conoces, sabes quien es, no es nada del otro mundo. Seguí mirando la taza de café y sentí que Muné le hizo una señal; él se rio secamente y lanzó a la mesa un sobre manila abultado. Lo miré y sonreí. Alfredo, se pasó la mano por la cabeza y me dijo –dando y dando, pajaritos volando, ¿no? Ciertamente, le contesté. Luis se puso serio, y Muné me habló claro –es la mitad, la otra será al final, queremos que recojas algunas cosas del pasado, que revuelvas el panal y causes un poco de ruido en las redes y sobre todo en la prensa. Aquí tienes una memoria, debes entregarla al final para poder pagarte la otra parte del dinero. Contiene información que te puede ayudar además... corté su discurso diciendo –ya te entendí, deja eso en mis manos, se hace tarde y es mejor que empecemos hoy mismo.

MINUTO A MINUTO

Con los audífonos, como escudos protectores de la socialización, Ernesto, se desplaza contrarreloj por la avenida Máximo Gómez en dirección norte-sur, sólo desea llegar, y nada más. Calor, cornetas, polvo, carros por doquier, guaguas y puentes peatonales de adorno; parte del relieve que avista nuestro personaje, que camina intenso, sudoroso, hacia su destino

¿A dónde va? A la universidad. Falta media hora, para que inicien sus clases. Su profesor parece ser inglés –no es normal–, tan puntual que se podría decir que es hijo del tiempo: recto, sin bigote ni barba, siempre vestido extremadamente formal, con acento de trueno, voz de general. Un profesor de Física que vive de las inversiones en el mercado bursátil, siempre apostando a lo seguro y que dice odiar el mercado de renta variable; en ocasiones, cuando se hace de un buen bono, les comenta a sus alumnos: soy demasiado modesto como para arriesgarme por dinero. Irónico. De vuelta en el camino, nuestro personaje, vestido de forma casual y con zapatillas deportivas está consciente de que llegará a tiempo, por eso ahora lo que quiere es llegar lo antes posible, es la meta. El espacio físico del aula es similar al de un cuchitril con capacidad para veinte alumnos, tal vez veinte cinco, empero la matrícula de alumnos inscritos en la materia arriba a unos 65. Increíble. Cuando la mayoría está dentro, no queda espacios para pasillos; el calor arremete y hay que ser un maestro de la discreción para poder conversar. Es normal que cuando el profesor entra en el aula se desmantela, se quita la chaqueta, la corbata, y procede a balbucear una queja, que se ahoga en el ruido que producen los alumnos a medida que se van acomodando. No son uno, ni tampoco dos los compañeros que plantean la hipótesis: "Posterior al primer examen parcial, un cuarto de los que está aquí no estará, luego cuando llegué el segundo examen parcial, la mitad; al final solo quedarán los sobrevivientes". Un planteamiento general que golpea cada clase con más fuerza a medida que se van conociendo más temas, cuando se evidencian las deficiencias en matemáticas, cuando los tigueres se desvanecen poco a poco. Las 4: 35 P. M., Ernesto se aproxima a la Intercepción de la avenida 27 de Febrero. Mientras camina lee publicidad, ve personas que vienen y van, escucha su música: su corazón se sobresalta de felicidad. Se acerca cada vez más; la idea de llegar antes le brinda una sensación de victoria. Sonríe. En su asistencia más reciente, se le hizo tarde, tuvo que cazar butacas dentro del edificio que los alberga, lo que no es nada fácil: si no eres capaz de encontrarlas en los pasillos debes buscar en los cursos, que muchas veces están ocupados. Cuando se encuentra una en un aula ocupada, que en adición tiene un maestro enseñando, significa un reto y muchos estudiantes se cohíben de interrumpir, otros se filtran sin pedir permiso secuestrando en el acto a la inmóvil butaca. Una estratagema arriesgada, porque si te atrapan... vergüenza. Nuestro héroe posee buen porte. Ha trabajado en él durante todo un año; le teme al colesterol. Además de hacer ejercicios moldea su cuerpo, lo que se traduce en la suma de atractivos que brinda como resultado mayores probabilidades de atraer chicas. Tanto él como su buen amigo Gabo, son fervientes "activistas" del buen estado de salud física y una nutrición balanceada. Ambos, como en el amor a primera vista, se cayeron bien desde el mismo inicio del semestre, concluyendo que tenían mucho en común. Esta es una dupla que tal vez, rompa con el "paradigma" de las amistades de un semestre, que extrañamente lo es de 4 meses, a veces 5 y un chin. Gabo, Ernesto y el 75% por ciento de la clase cruzaron la meta del primer examen parcial. Ellos (Gabo y Ernesto) se unieron convirtiéndose en una sola mente capaz de crear un sistema de lenguaje y señas suficiente como para sobrevivir a cada una de las pruebas. Infalible. Estos estudiantes no evolucionan, en cambio sus sistemas de fraudes, engaños, artimañas o como sea que les llamen, es cada vez es más complejo. Tal vez en un futuro, en las escuelas de pedagogía se enseñen materias orientadas a detectar cada una de estas bien elaboradas técnicas. Otra vez, en el camino, Ernesto se encuentra cada vez más orgulloso de su proeza, mientras piensa en la cara de su amigo cuando le diga que recorrió todo el trayecto en menos de 25 minutos, sobre todo el hecho de que ha descendido la cuesta a una velocidad increíble mientras se aproximaba a la Calle Juan Sánchez Ramírez. Le gusta la chica que acaba de pasar a su derecha y disminuye el ritmo de la marcha para apreciarla. Volviendo a retomar el paso, disfruta aún la música a altos decibeles que destruye sus oídos, sigue todo recto hasta la puerta, toma un atajo que irrumpe por la cancha de baloncesto, bordea el estadio Tony Barreiro y toma la acera que lleva hasta su destino. Una vez ahí se precipita, trotando en los escalones, desde donde logra ver a su amigo Gabo en el pasillo, en espera del profesor; este, al asomarse le dice: –son las 4: 47 P. M., mientras le da una palmada en la espalda, te guardé un asiento.

–¡Gracias hermano! ¿Llegué temprano, no? He caminado todo el trayecto desde mi casa.

Gabo, Levantando su ceja izquierda y sonriendo, preguntó: ¿Tenías ganas de caminar?

–No

–Ernesto, querido hermano y compadre, la última vez, hiciste lo mismo.

–Sí, lo recuerdo muy bien.

–¿Pero no recuerdas qué te dije, que el metro tiene más de dos semanas en funcionamiento? Me tomó sólo 10 minutos llegar, y vivo más lejos.

El comentario de Gabo, traspasó a Ernesto, que en su interior se decía "lo he hecho en menos de 25 minutos".

LA CULPABLE

Siempre existen frases pegajosas que se adhieren a nuestra memoria como goma de mascar a la suela del zapato; una de tantas es la que recientemente corretea por mi mente: "Si es rápido y es gratis, entonces why not?" que es parte de una canción cuyo autor es un "Salmón", Andrés Calamaro, músico argentino, emblema del rock latinoamericano. Lo que realmente me gusta de ella es su forma de concluir "entonces why not?", como queriendo decir ¡Ah! Ok. Es una afirmación vaga, tal vez, un tanto desinteresada, o simplemente llena de doble sentido, lo que la hace aún más rica. Es esa la sensación que acompaña a muchos "entes ofimáticos", maestros del servicio al cliente, que no tienen otra respuesta a situaciones incómodas. Ejemplo, el combate, nunca esperado, siempre oportuno, entre el hombre y la Impresora (oscura música de fondo), Johann Gutenberg nunca imaginó que las descendencias tecnológicas de su creación serían tan rencorosas. Lo puedo así afirmar; lo he visto y en carne propia lo he vivido. Como bien saben, las vidas en las oficinas son muchas veces super-mega-ultra ajetreadas, cargadas de mucha tensión y sobre todo se es testigo de transformaciones inimaginables de un individuo al que crees conocer (pasas más horas con él, muchas veces, que con tu familia), pero que de buenas a primeras cambia. Los efectos de estas mutaciones van, desde ovejas que se convierten en dragones cubiertos de lana hasta monos bípedos y ponzoñosos. Para afrontar esta realidad, debes adoptar la misma actitud de Santo Tomás "ver para creer" porque aunque seas un crédulo más, debes estar ahí para que te puedas convencer. Son muchas las historias, bromas, chistes y cuentos que se extraen de nuestras experiencias acerca de estos "entes tecnológicos". Se preguntarán por qué los he bautizado de esta manera, esto, a razón de que no son más que meros equipos a nuestra disposición para facilitarnos la vida, cosa que muchos podrían catalogar de errada. Esto así, porque el sabor amargo que han tenido en sus bocas es producto de una letra mal intencionada efectuada por las Impresoras. Es probable que muchos me cataloguen de loco, pero creo que las Impresoras de todo el mundo, están dotadas de una conciencia imperfecta, pero capaz de celar y sobre todo vengar. Si no pregunten a Paco Jiménez, un compañero, vecino de cubículo, quien preparaba un informe que debía entregar a las cuatro de la tarde, pero que desafortunadamente no logró terminar a tiempo, siendo responsable de esto una Impresora multifuncional laser, con una capacidad extraordinaria para imprimir, con escáner y copiadora integrados. Imagino que la misma, cansada de escuchar tantas veces la quejas de Paco Jiménez: "a esta empresa sí que le gusta comprar porquerías como esta" o "cuando saldremos de esta vieja condenada", cosa que pagó caro. La Impresora guardó para sí el odio hacia Paco y esperó, como el que espera a robar, el momento perfecto, posteriormente alcanzando el éxito. Pobre Paco, no logró entregar el informe a tiempo, el Jefe, lo fulminó en su paredón personal, a quemaropa, sin piedad. Sentí que nuestra antagonista disfrutó bastante el rostro de Paco, cuyo espíritu murió, volviendo a la vida semanas después.

¿Qué podía hacer Paco? ¿Cómo podía justificar el hecho de que la impresora no le permitió entregar a tiempo el informe? La concepción por parte de los fabricantes de este vil equipo es cuestionable, esto debido a que a siglos de evolución aún no han podido crear la Impresora perfecta. Este simple ejemplo, no es nada comparado con lo que le pasó a Odette, la hermosa, muy elegante, llena de gracia secretaria del Gerente de Operaciones, quien, como les mencioné en líneas anteriores, sufrió una de esas transformaciones extremas. Era el mes de enero, se había activado la alerta de auditorías, planificaciones, redacción de informes y preparación de presupuestos. Odette, muy organizada por cierto, estaba cargada de trabajo, su jefe, un "gurú" de la desorganización, la improvisación, y el arte de dejar para el mañana lo que debía hacer, presionaba constantemente a su secretaria, quien, en un principio, supo manejar con gran entereza todos y cada uno de los encargos. Pero como muchas cosas en la vida, ese era un ritmo que no pudo mantener todo el mes. Fue a la tercera semana cuando empezamos a notar cambios, y no sólo en la brillante secretaria. La Gerente de Compras, Lic. Enriqueta Octave, hacía días se había transformado en un grifo, en cambio el Gerente Administrativo, mucho antes que las anteriores, era un ogro; ambos azotaban sus distintos departamentos. Lo mismo ocurrió con la bella oficinista, quién un lunes llegó con colmillos; de manera paulatina empezó a salirle mucho pelo, hasta que un miércoles, la Impresora o tal vez la luna llena, produjeron su total transformación. Muchos apuntan a la luna llena, en cambio yo, puedo asegurar que la impresora es la responsable, ya que fue en la mañana cuando Odette entró en el cuarto de impresión, luego de muchas maldiciones, golpes y arañazos, la escuchamos aullar ¿Qué tan malvados pueden ser estos aparatos? ¿Me creen ahora?

La vida continúa, ella está ahí, en el cuarto de impresiones, vieja y desganada, pero atenta, vigilante, como quien espera a que des un paso en falso y entonces… ¿No habrá en este mundo algún árbol que proteste?

LA PRISA

Luego de una angustiosa jornada de trabajo, habíamos decidido ir al bar por unos tragos, rito post estrés antes de llegar a casa, al que ya nos habíamos acostumbrado: "El cuerpo lo sabía". Pausa necesaria. Tony, Marcel, William, Diana, Jade y otros del equipo de contabilidad caminamos (como en una película, en cámara lenta) por la acera de la Winston Churchill, todos protagonistas, sobrevivientes del día, ansiosos por una cerveza fría, o tal vez un buen vaso de ron a las rocas... Mientras caminábamos, decidimos ir a un lugar cerca del edificio dónde laboramos. Casualmente antes de llegar al bar, nos encontramos con Pierre LeBlue, quien formó parte de la firma dos años atrás. Lo saludamos, sonreímos un poco y nos despedimos. Llegados al lugar de destino, sólo hice señalar al barman, quién no reparó en buscar a las "vestidas de novia" y el ron; Tony, quien era un boca floja no esperó en arrojar un comentario del encuentro con Pierre –Wao, que mal se ve Pierre. William, quien no lo conoció, no mostró signo de curiosidad alguna, pero la realidad es que detrás de Pierre, el Luisiano, había toda una historia, que como dijo Tony, yo más que nadie conocía, y aproveché para contarla.

Según Pierre, su tragedia comenzó cuando recibió la noticia de que sus padres se habían accidentado unos dos o tres kilómetros de la entrada de Los Alcarrizos –No hice más que correr, y atravesar un mar de gente que protestaba, y mientras eso ocurría mi teléfono celular vibraba–. Esto me lo decía, algo inquieto y siendo más expresivo de lo normal. El pobre Pierre salió de aquel lugar disparado, en dirección norte hasta la avenida 27 De Febrero. Había tomado la Calle 30 de Marzo y mientras caminaba a paso doble pensaba en lo fuerte que golpeaba el sol de las 3: 00 P. M., y más si se tiene una sudadera negra. –En la madrugada– me comentó algo molesto, –si hubiera soñado que eso pasaría, definitivamente no me hubiera puesto esa ropa, y menos hubiera decido ir a la zona colonial, a nada. –Cómo cambian las cosas. Puedes pasar de iniciar un excelente día a un "no te preocupes voy para allá", le dije, siendo tal vez, un tanto condescendiente. Despues de cruzar la Avenida México, nuestro querido Pierre adelantó el paso y antes de retomar el camino tomó una calle donde vio un colmado y compró una botella de agua ; llegó sin darse cuenta, a la esquina donde nace la avenida San Martin donde esperaría un automóvil o un bus. –En este punto de la historia, se preguntarán por qué un hombre como Pierre, que tenía una buena posición en la firma, con auto propio y buen ingreso, no había sido capaz de llamar un taxi, ya que lo que le había ocurrido ameritaba de acciones rápidas–. Marcel, quien también compartió con Pierre, soltó una risita mientras miraba a los demás y agregó –Pierre era un hombre que decía sin pelos en la lengua que no creía en nuestra sociedad y a la vez prefería usar transporte público para ir a ciertos lugares de la ciudad.

Imagino que podrán visualizar a este señor norteamericano, rojo como un tomate, con mucho calor, situado en una esquina donde el flujo de vehículos era muy escaso, en la espera de algún autobús, con una ruta en específico: la más rápida. Mientras estaba esperando, recordó que había olvidado comprar la tarjeta de llamada en el colmado donde había comprado el agua. No quería moverse, confiaba plenamente que en el camino encontraría un vendedor ambulante ¿Un domingo? Era extraño como una vía tan importante tenía tan poco flujo de vehículos ¿La hora? Tal vez. Su teléfono móvil en ese instante, era un simple reloj, sin internet, con el sistema Wi-Fi apagado para ahorrar batería, y sin minutos para llamar: sólo para dar un bip. La misma sensación de cuando no haces la tarea y esperas que ese día suceda algo que lo cambié todo y te brinde una nueva oportunidad, entonces existe Dios. Llegadas las 3:30 P. M. de la tarde, la desesperación se apoderó de Pierre, dando inicio a un rosario de maldiciones: desde el génesis de su viaje cuando decidieron enviarlo desde New Orleans hasta ese día, en que había decidido no usar su vehículo porque temía a la forma en que los otros conductores manejaban. –No hay suerte, me decía, estaba disgustado, lleno de desesperación e incomodidad fruto del calor. Luego pensó que tal vez pidiendo un aventón, tendría mayor posibilidad, pero la cantidad de autos era tan poca y pasaban a tan altas velocidades, que se le hizo imposible. Bajo el amparo del disgusto, recordó que donde había comprado la botella de agua había un teléfono público, entonces se precipitó a cruzar la avenida, cuando de repente, acercándose a una de las esquinas vio venir un autobús y olvidó el por qué iba a cruzar la calle, se emocionó y empezó a hacer señas como loco. –Me sentí muy bien al ver el autobús–, me confesó con un tono apagado. El chofer lo vio y se detuvo, estacionándose mal e impidiendo que algunos vehículos avanzaran. Al encuentro de Pierre fue el cobrador de la guagua, que le dijo la ruta de la misma, pero Pierre, emocionado, ni siquiera hizo caso, aunque para su vil suerte era la ruta correcta. Inmediatamente entró, tomó un asiento del lado izquierdo y cercano a la puerta. La guagua, una Mitsubishi con colores blanco y crema, fea, con varios choques en el lado derecho, tenía la defensa maltratada, así como problemas en el tubo de escape. Bautizada como "Juliana", tal vez en honor a esa gran salsa o una de las hijas del dueño, tal vez su esposa o quién sabe por qué. La cultura de bautizar las guaguas, la estoy viendo desde ya hace varios años. Según cuentan los más viejos, era una forma de distinguir tanto el autobús como a su chofer, pero la cosa no queda ahí, en el vidrio trasero también es común ver frases como: "Que Dios te multiplique lo que me deseas", o "A quién madruga Dios le ayuda", en fin, numerosas frases y nombres, tal vez reglas de vida del chofer y del cobrador de "concho", padres de familia infalibles, responsables y al que el dinero nunca les da. Pierre describió a la pareja (chofer-cobrador) aludiendo que ambos parecían pasar la barrera de los 40 años, de tez morena. El chofer en franelas y el cobrador con una camisa maltratada, parecían contentos, ni siquiera iban por la mitad de su recorrido habitual y prácticamente estaban llenos. Eso explicaba, por qué ambos iban escuchando bachata y relajados. El interior del vehículo lucía bastante abandonado, los asientos cubiertos de un vinyl pálido por el tiempo, la cabina destruida, el techo desgarrado, y roído por el óxido. En la cocina, como se le llama a la parte del fondo había tres personas, entre ellas una señora que parecía haber ido de compras y dos señores. Los asientos laterales estaban ocupados por unas jóvenes detrás de Pierre; dos señores mayores en la cabina y además una combinación de señoras y jovencitos; los demás no le interesaron o tal vez no lo inquietaron. Nuestro estimado Pierre, estaba solo en su asiento, el ritmo de la guagua no era ni tanto ni tan poco, pero con el poco tránsito vehicular sus esperanzas de llegar a tiempo eran positivas.

Pero, en historias como esta nunca falta un bendito pero, en la intercepción de la Avenida Lope de Vega subió un pasajero: señor entrado en edad, pasado de los 75 años o bien 80 y tantos, de tez oscura, con sus gafas de sol, vestido formal e infectado de un mal olor a alcohol. En este tramo del relato, Pierre empezó a lamentarse –No sé qué hice esa semana, día o mes, pero era evidente que estaba pasando por un mal momento; este señor que no bien se había acomodado en el asiento ya me transmitía malas vibraciones; me miró, saludó y empezó primero, contándome una anécdota, y después la historia de cuando llegó a la capital; me describió como era, describió las principales calles y avenidas, la edad que tenía cuando vio a Trujillo, la guerra del 65 y donde residía, cómo se enganchó a la milicia y el porqué salió de ella, hasta que curso llegó y el porqué desistió de seguir estudiando; habló de boxeo, de los años de gloria de los Leones del Escogido, los trabajos que pasó en el gobierno de Balaguer y cómo trabajó como un toro en esos años, las penurias que pasó, las veces que se casó, los hijos que no quieren saber de él, las exesposas que lo detestan y cómo terminó con cada una de ellas. Ahí, en ese punto de su historia, yo sólo decía –¡Uhu! Y asentía con la cabeza, el cobrador me miraba, muerto de risa, y otros pasajeros también. Respiré un poco cuando se detuvo, pero su silencio fue breve, e inició nueva vez, hablando de las ONATRATES, y de cómo llegó a los Alcarrizos; me hizo un bocetó exacto con cantidad de casas y colores, familias que residían en la zona y las calles, como fue evolucionando, las huelgas, el primer supermercado, el año que llegó el Banco Metropolitano y cuando lo cerraron, el correo, los doctores americanos, el Puente Blanco y por qué le dicen así, la primera gallera, cuando se fundó el barrio la Piña, así como el barrio Obras Públicas, y de qué partido eran esas personas, el cine que había, los primeros sacerdotes, y las primeras capillas y parroquias, el decreto que creaba las Zonas Francas de los Alcarrizos, y el tiempo que estuvo laborando ahí, cuándo lo despidieron, de qué país eran los dueños, las cosas que pasó en ese sitio, donde fue a parar después de eso y como se vio obligado a trabajar en las calles, y que fue en el Kilómetro 9, en la parada de autobuses que van al interior del país, donde se inició como vendedor ambulante; qué vendía, cómo conseguía ese producto, la cantidad de dinero que ganaba, su competencia y los demás vendedores que había, y cómo para ese tiempo no había haitianos vendiendo, y lo raro que era que tuviera un mal día en las ventas...En este tramo de la "confesión", expresó lo bien que eran esos tiempos y lo orgulloso que estaba de haber conseguido su casita propia. De todas las personas, yo, definitivamente estaba hastiado, cansado, con calor, y con cada minuto, con más ganas de llegar, ya no era la emergencia lo que me movía, deseaba salir del vehículo, estirar las piernas y agradecer por haber llegado.

Incontables los minutos... El cobrador lanzaba su red, y no atrapaba nada, la historia de mi compañero de asiento cada vez más extensa, e incomprensible, llena de información que no venían al caso .

Hice una pausa, tomé un poco de agua, y los chicos me miraban todavía, preguntándose si ese era el final, no obstante, este relato, no concluye ahí, porque además de eso, el clima cambió drásticamente, primero hizo un viento fuerte, y luego empezó a llover a cantaros y muy fuerte, y como Pierre estaba cerca de la puerta, se mojó. La puerta que daba acceso a la guagua, no servía, y ya imaginarán ustedes el desastre que se armó ahí dentro y la cantidad de agua que entró –el cobrador quedó totalmente empapado–. Adicional a eso, la avenida se congestionó de una forma tal que todos los pasajeros se preguntaban de dónde habían salido tantos vehículos, era un caos mayúsculo y la paciencia de Pierre ya no lo acompañaba; en ese momento de angustia empezó a tener un tic nervioso. El paso del autobús era casi nulo, y seguía lloviendo por montones... Una hora exactamente permanecieron en ese tapón, que, tan pronto dejó de caer agua, desapareció como por arte de magia. –Todos nos alegramos–. El chofer estaba hastiado y aumentó un poco la velocidad, pero como dice el refrán "La felicidad del pobre dura poco", una de las llantas traseras, del lado derecho, estalló; en consecuencia, una serie de lamentos ahora llovía dentro del bus; Pierre sólo tragaba en seco y miraba a su alrededor molesto. Una parte de los pasajeros se desmontó para ayudar, pero el chofer no quiso, porque sólo se necesitaba una persona para desmontar y montar el neumático de repuesto. Concluido ese molesto acontecimiento, el vehículo no podía arrancar, lo que significaba que los hombres que estaban dentro tenían que empujar ¡Vaya Perla! Y como si fuera eso poco, no sólo tuvieron que tirarla una vez, sino tres veces. Pierre, un ser humano, al igual que todos nosotros, se llenó de rabia y le voceó tantas cosas al chofer (en español e inglés), que todos se asustaron.

La odisea estaba casi llegando a su fin cuando se aproximaron al kilometro 13 de la autopista Duarte, pero el daño estaba hecho. No sólo llegó tres horas tarde, sino que cuando llegó tuvo que tomar un vehículo de vuelta hasta su hogar. Días después del suceso, Pierre no era el mismo; al ver una guagua le salían pelotas rojas y su terror por el transito en la gran urbe creció a niveles tales que no hubo más remedio que internarlo en un hospital psiquiátrico.

–¿En un hospital psiquiátrico?

–Si

–Empezó a creer que era una guagua, y ya te imaginarás tú...

ENTRE COMILLAS

Las órdenes se desplazaban como aves; los trabajos, deprisa había que realizar, la vida de una oficina, fácil, no lo creo; con tanta tensión creo que vamos a estallar. En un momento de mucha presión tuve unos minutos libres, observé el cielo naranja, áspero y tosco, los mil pensamientos que como lluvia de meteoritos tropezaban con mi mente. Tenía grandes deseos de cambiar, de volver atrás. Melancólico, tal vez. Las mediocres sombras de hombres encarcelados por la costumbre, me observaban, me juzgaban y... ¡Venga la sentencia! Es condenado a tener que trabajar todo el día. Excelente forma de envejecer a los veinte y tantos años de edad. Lo bueno de esto es que al menos me ejercitaba con la gran cantidad de papeles y documentos que transportaba. Esa gran cantidad de responsabilidades que poseía ¡Pssss! Absurdo, convertían el día de finito a infinito. Un día de nunca acabar. Suspiro. La empresa para la que trabajaba, se dedicaba a la comercialización de productos plásticos, y en los años recientes se había convertido en un gigante, alcanzando la tercera posición dentro del mercado. Sin embargo, producto de la cultura organizacional nuestra –dejar las cosas para el final–, el haber alcanzado ese escalón nos estaba "sacando el jugo". Ya no sólo trabajábamos en horarios normales, sino hasta tarde, claro está, sólo algunos: "Los pendejos". En ese rango calificativo, había una gran cantidad de hombres y mujeres, muchos de los cuales habían adoptado la costumbre de dormir siestas al medio día y al caer la tarde, dentro de sus cubículos –Qué mala forma de descansar.

Si cuando cursé la secundaria me hubiera imaginado esto, la verdad, me hubiera dedicado a otra cosa, obviando ese refrán que dice que la carrera universitaria del pobre es la contabilidad. Cuán divertido era jugar beisbol en el patio del liceo, o basquetbol en la cancha. Imaginar que al salir lo conquistaríamos todo, pero la realidad es otra. Es diferente a cuando las chicas caminaban pavoneándose o cuando en las fiestas de San Valentín y fin de año, todo era una suma de "bulto, allante y movimiento" (ya saben, vestir bien o a la moda, llevar el auto de papá, e intentar picar bailando merengue, bachata o reggaetón). Suspiro, otra vez. Hay etapas de la vida que sólo las aprecias después que pasan, porque con esta realidad ¿Cómo no añorar esos cuatro años de bachillerato?

Mientras todo transcurría subí a buscar unos documentos que mi jefa me había encomendado y que como can Cerbero, debía proteger y llevar intactos; no era mi día, definitivamente y el principal argumento para defender esta hipótesis era el terrible golpe que me propinó una empleada de limpieza. Cuando me levanté después de un rato, sentía vértigo, mi cabeza parecía dar vueltas y las personas parecían estar en todos lados, de modo que al ponerme de pie regresé a mis raíces, al suelo. Intenté por segunda vez levantarme, pero esta vez, una especie de pirata me ofreció la mano – una extraña clase de pirata– y me saludó– ¡Qué tal brother!

–¿Dónde estoy? Le pregunté, aún ensimismado.

–Te encuentras en el Ojo De Dragón, el mejor navegador en la red. Entonces escuché la áspera voz de quien parecía ser el Capitán.

–¡Oye grumete! Trae las direcciones de las páginas por las cuales navegaremos estas semanas, debemos darnos prisas. Le dijo a un joven que se encontraba sentado sobre un barril presenciando el cielo pixelado.

–Señor Feibert, vociferó nuevamente, dígale a los hombres que se preparen zarparemos al amanecer

–¡Sí señor!

–¿Qué rayos está pasando? La imagen 3D y los paisajes holográficos, los insoportables mensajes comerciales eran algunas señales de que estaba muy lejos de casa.

–¿Señor Mejía, qué le pasa a ese marino de páginas Chat?

–Se golpeó, Señor, no es nada grave, lo llevaremos a descansar.

Observé lo extraño del paisaje y mientras el vértigo se apoderaba de mí y nuevamente embestía mi cabeza, escuché cuando uno de los marineros me llamó; entonces voltee la cara y alguien cuyo rostro no podía ver trataba de espabilarme fuertemente. Todo, otra vez empezó a nublarse, mientras sentía los golpes en mi rostro…–

¡Por Dios! Que susto me ha dado, joven, pensé que se iba a morir. La mujer, que me sujetaba, lloraba en mi pecho de alegría. – Lo siento, realmente fue un accidente– decía constantemente. Alrededor de la escena, estaban todos mirando, algunos se acercaron y empezaron susurrar palabras de aliento, lo que me llenó de terror, moví mis extremidades y luego me puse la mano en la cabeza, donde sentía el dolor del golpe. Mientras todo esto ocurría, detrás de mi escuché –Por eso es que yo lo cojo suave, uno no puede andar tan rápido, uno se va y el trabajo queda; nadie es indispensable–. Él señor Luciano, él jefe, llegó y mandó a los curiosos a trabajar, se acercó, me observó y cariñosamente me dijo –Levántate– y yo sin poder hablar, extendí la mano; alguien la tomó y me levantó. Puesto ya de pie, el mismo mandamás tomó la caja, me la entregó, y tratando de sonreír un poco me dijo –sigue trabajando y ten más cuidado, recuerda que eres muy valioso para la empresa.

LA SANGRE A PIE

En memoria de Pedro Peix

I

La media noche, sus ojos rojos carmesí destilaban todo su odio hacia el joven Manuel que como un don Juan de sangre caribeña era caliente de pico y de caminar, y toda mujer que ojo le guiñaba, mujer que en sus telarañas atrapada quedaba. Todo parecía preparado. Altagraciano García sólo pensaba en aquel desgraciado, su imagen parecía extraída de una pintura de Yoryi Morel; el sombrero de guano cubría su ceniza cabeza. A su lado, como si fuera su amigo o más bien su compadre, le acompañaba una botella de Clerén que un vecino dominico-haitiano le había preparado; vestía una guayabera azul cielo y pantalón negro, mientras que del lado derecho su afilado, aguerrido y hostil amigo: un machete mandado hacer con el único objetivo, de lamberse a Manuel. En este pueblo, La Colina de Lemba, un lugar metido en el confín de la República dónde los gobernantes y autoridades locales no van ni siquiera en tiempo de elecciones, con dos calles, como imaginarán, de tierra; con casas y chozas, donde la pobreza bien pasea su carro triunfal. En pueblo chico, infierno grande. Lo malo de vivir en un pueblo que no sólo es pequeño, lejano –en el culo del mundo, como algunos visitantes expresan– y que también está destinado a ser fantasma, es que todas las cosas raras, habidas y por haber suceden aquí ¡Es impresionante! La verdad no me la van a creer. Aquí todavía hay personas que creen que Horacio Vásquez es presidente –Bueno, es una noble exageración– pero desde la fundación del pueblo, que se sitúa para esos años, hasta hoy, todo o prácticamente todo está igual. La iglesia del lado opuesto a la escuela. La casa de doña Ernestina, la más grande, cerca del parque. La Familia de Francisco, mejor conocido como "El Tenazas Frank", vive al frente de los filipinos, que llegaron desde Estados Unidos, y que no sabemos cómo carajo llegaron a la conclusión de que vivir aquí era el cielo –pobrecitos, los jodieron–, con su casa azul, hecha con caña brava y lo suficientemente grande como para sus 8 hijos. En la entrada del pueblo, Lucio, Sócrates y Martín, un trío de banilejos bien rechonchos y colorados, dueños del almacén, una pulpería y la casa de empeño, casados con Ednita, Aurora, y Flor del Alba, respectivamente; con una buena cantidad de hijos, aunque ninguno superaba a los filipinos. La familia Pérez, "Los Pérez", el orgullo de Tomás. El Padre Mathieu, que vivía en la casa curial, siempre al acecho de la noche. Fidel, Anita, Pancho Sierra, Grimaldi, Altagracia y Don miguel, todos de la parte alta del pueblo, así como Asunción, Aurelio, Vicente y Fortuna (Doña melaza). Todos ellos, herederos. Las chicas de aquí, eran escasas, muy escasas, inmediatamente pasaban a la adolescencia migraban a la gran ciudad y se olvidaban de sus orígenes. Sólo los hombres, apasionados del campo, se quedaban. Sus parejas eran producto de la pesca en pueblos aledaños.

II

El merengue de caña se desbordaba con la madurez de la noche; la espera se transformaba en desesperación de modo tal que los sorbos del ardiente alcohol se convertían en tragos largos y penetrantes. La pista de baile se encontraba en su clímax, la banda ya empezaba a cambiar los tonos de su ritmo a los de la amarga, desconsolada y entristecida bachata –Para que fue eso– Los recuerdos iniciaron un efecto de mucho más cólera para el amedrentado pensamiento de Altagraciano García. Todos en el pueblo estaban a la espera y la gran mayoría había adoptado un auto toque de queda, algo así como cuando dos pistoleros del viejo oeste, se van a enfrentar. Mientras todo transcurría, el escurridizo Manuel intentaba convencer a la esposa de Altagraciano, pero ella le pedía que no fuera hacia la misma muerte; era extraño, pero de todas las mujeres que este individuo había sustraído de los brazos de sus esposos, Lorena había sido la única de la cual estaba enamorado. Tal vez, la ciencia haya demostrado que el amor a primera vista no existe, tal vez la sociedad piense que un hombre tan sinvergüenza no es capaz de cambiar, pero puede ser, que como muchos en el pueblo, se piense "Chivo, no es víveres" en alusión aquel amor, no era de uno, sino de dos. Muchos hombres estaban de lado de Altagraciano, como cuervos uno a uno empezaron a llegar con machete en mano, se sentaban cerca, le daban palabras de valor y apoyo a Altagraciano. No había un hombre más sano que este: ayudó a Manuel, que era un forastero, del que se decían tantas cosas; le dio de comer y lo hospedó; lo trató como un hijo, y en cambio, el muy desgraciado de Manuel le pagó... Nada podía detener este choque de trenes. Manuel lleno de orgullo evitó a su amada, salió corriendo con un bate en la mano tan rápido como sus pies podían, corrió vociferando, el nombre de Altagraciano. Mientras tanto, Rafael, que estaba en el cuartel de policía, de turno, se estremeció cuando vio correr como loco a Manuel, pero no hizo más que abrir la puerta de la celda, ir al baño, revisarse la barba, bostezar, y acomodarse el uniforme. A unos metros antes de llegar, Manuel se detuvo de golpe. Un silencio utópico llenó toda el área; el hostil

García se levantó, lo observó de arriba abajo, se percató de que estaba armado, lanzó su sombrero de guano, tomó su machete y lanzó un grito de guerra que arrastró una treintena de hombres. Pueden ustedes imaginar, que por más guapo que se fuera, había que estar hueco de la cabeza o loco para enfrentarse a tantos hombres. García era conocido por su habilidad de manejar las armas blancas y más cuando este se encontraba borracho. Mientras Manuel que era muy rápido, se alejaba de sus perseguidores, pero no contaba con que una navaja, lanzada por el mismo Altagraciano, quien se la quitó a uno de sus acompañantes, lo alcanzaría tratando de cruzar el puente.

Herido, como un animal de caza, la poca energía que tenía lo desesperaba; no sabía exactamente en que parte del pueblo estaba y un frio extraño se apoderaba de su ser, la visión se le nublaba poco a poco. La sangre. A pie, y el deseo de que todo esto terminara. Sin más que hacer se precipitó por unos matorrales, corrió todo el trayecto hasta llegar a la parte de atrás de un Chinchorro abandonado. En ese instante, cuando todo estaba por perderse, Lorena, su idilio, llegó justo a tiempo, y lleno de alegría se dirigió hasta ella.

-Vamos, Lorena, escapa conmigo.

-¿Qué estás diciendo? ¿Estás herido? Te lo dije...

Jadeante, y con pocas fuerzas Manuel sólo balbuceaba, Lorena sin embargo, le exigía una explicación.

-¿Cómo me voy a ir contigo? ¿Eh? ¿Dime Manuel? Yo te dije que me dejaras tranquila, y que si ibas para allá la ibas a pasar feo. No es lo mismo llamar al Diablo que verlo llegar, además, esta que está aquí no quiere saber de hombres cobardes.

Esas palabras eran una estocada profunda que ahondaba más su sufrimiento. Lorena partía corriendo, y lo abandonaba; en el pueblo no lo querían y al final de la calle, siendo testigo de la escena, como un ángel enviado del cielo, Rafael, el policía, lo esperaba.

–Rafael por favor ten piedad. Me quieren matar.

–Tranquilo Manuel, te esperaba desde hace un buen rato.

–¿Me vas ayudar? Yo no he hecho nada.

Llorando, Manuel sólo pedía que lo ayudasen.

–Bueno Manuel, el que no hayas hecho nada está por averiguarse, además tengo que llevarte directo al cuartel.

–Al cuartel no Rafael, que me van a matar.

–Descuida Manuel, descuida. Es mejor haber caído en mis manos, que en las manos de mi compadre, o acaso crees que no sé que estuviste enamorando a mi querida esposa, las mujeres de aquí son pocas, y yo te voy a enseñar a respetarlas…

DON QUICO

La historia que les voy a narrar no tiene un fin fantástico, más bien tiene uno al que todos estamos acostumbrados. No aspiro, sin embargo, ser un H. P. Lovecraft, ni nada por el estilo. Solo diré que en el momento en que me la contaron, era aún un chico de tal vez 11 o 12 años, y para ese entonces me dio mucho miedo, tanto que no pude dormir. El primero en hablarme de este ser extraordinario fue mi padre, él mismo me contó que no sólo existían brujas que chupaban a los niños, sino que también existían otros seres, como el Bacá o el Zángano ¿Cómo padre e hijo llegan a tener una conversación como esta? Bueno, sucede que para ese entonces la calle donde resido se convirtió de repente en un río de murmullos, todo porque algunos vecinos dijeron avistar a una bruja escondida en una mata de guázuma que se encontraba prácticamente al final de la calle –Cabe destacar que el árbol por sí sólo, en las noches oscuras, generaba un ambiente de temor– Era una noche hermosa, la luna llena de fondo, y no había luz eléctrica. No recuerdo bien si jugábamos al escondido o a la alcantarita, pero sí que de repente, se nos hizo entrar a nuestros hogares, y luego se escuchó una risa extraña seguida de un aleteo. Ya en la seguridad de mi hogar, le pregunté a mi padre qué era eso de una bruja y sólo me respondió de forma tajante: "Son seres que se chupan a los niños". Reitero, no pude dormir esa noche, nunca escuché tantos ruidos extraños. Pasaron varios años de ese inexplicable acontecimiento, y un día, luego de jugar una partida de dominós, no sentamos en la galería de la casa de Doña Mena dos de mis vecinos, un hijastro de la dueña de la casa y su esposo. Éramos cinco, yo el más joven. Empezamos hablando sobre cuál era el aspecto de la vecindad en sus inicios. Don quico, un ser octogenario, con sus cabales bien puestos, era un narrador pausado que siempre trataba de graficar lo que contaba. Esa tarde de otoño –la época se reflejaba en el color naranja de las pocas hojas del almendro– Me enteré que no había sido la primera vez, que sucedía un evento como el que les mencioné, al contrario, habían ocurrido otros tantos, Don Quico, que en el pasado ya se había enfrentado a algunos de estos seres, nos miró directo a los ojos y nos dijo: –Cuando en la calle solo éramos unos tres o cuatro habitantes, en la noche no podíamos salir… tú ves la casa que está del lado derecho de donde viven los Polancos, ahí vive un brujo que tenía un Bacá y ese animal salía arrastrando una cadena pesada y produciendo un ruido medio raro todas las noches. Me sorprendí un poco, no por lo del brujo, ya que desde pequeño sé que él vive ahí, aunque sólo lo llegué a ver unas pocas veces, de espaldas, sino por lo del Bacá. Inmediatamente Don quico concluyó, pregunté intrigado que qué pasó, que ya no se oye y nunca se ha vuelto a saber de esa bestia. En ese momento la vecina que vive en frente se aproximó a escuchar y con los brazos colocados en forma de equis en el pecho, dijo: –Ay Don quico, y ¿Usted se acuerda de eso todavía? –Qué si me acuerdo, ¡Oh! Y usted sabe lo difícil que es, y más con todos estos muchachos, que lo único que saben ahora es joder, estar en vigilia noche tras noche, para luego ir al trabajo ¿Huh? Vaya usted a saber.

Mientras yo, sólo esperaba saber cómo se deshicieron de él. La vecina sin embargo, como si se tratase de un chisme, bajó la cabeza y el tono de voz, miró hacía la parte sur de la calle y dijo: –Ese animal era del brujo, él era que vivía con esas cosas y con sus culebras, haciendo no se sabe qué. No pude aguantar, y pregunté otra vez, cómo se deshicieron del Bacá, pero Don quico, sólo dijo: –Con oraciones. Fue después de esa respuesta cortante cuando empezó el relato acerca de su juventud. Contaba Don quico, que salió de Puerto Plata teniendo tan sólo unos 18 años, con su mujer, de tan sólo 13 años, como se dice en el argot popular "Con una mano adelante y otras atrás". Sus padres, eran personas con grandes tierras, en esa zona y él tenía muchos hermanos ¿Cuántos? No lo dijo ¿Por qué se fue de Puerto Plata? Tampoco lo mencionó.

En su odisea, mientras se desplazaba por el Cibao cerca de la cordillera Septentrional, en uno de los poblados en los que consiguió trabajo para una cosecha, se enteró de que en una finca cercana al poblado, los caballos, las vacas y hasta alguno de los perros estaban extrañados y nadie se les podía acercar. Esa zona es tierra cafetalera, y sus dueños viven encumbrados en la sierra, serranos, como son conocidos, Don Quico, nos comentó: –Desde que escuché esa vaina vale, de una vez me imaginé más o menos, que pasaba ahí. Y fui hasta la casa del dueño y le dije que yo le podía ayudar con eso, pero que tenía que dejarme dormir ahí, con un perro cinqueño y un machete bañado en agua bendita – ¿De dónde carajos sacó un perro cinqueño? Volví a preguntar. –Deja que terminé, no me interrumpas muchacho, después te digo. Esa noche había luna nueva y el terreno estaba oscuro, oscuro. Se sentía la brisa que golpeaba el techo con las ramas de una mata de mango ubicada en la parte trasera de la casucha donde dormían los animales y sólo se veían, a unos metros de distancia, las ventanas traseras del caserón, iluminadas por una vela. El lugar metía miedo por todos los lados y ni me pude dar cuenta qué hora era cuando de repente el perro empezó a gruñir y vi entrar un jurón con los ojos rojos –nunca en mi vida vuelto a ver unos ojos tan rojos– y el rabo largo. Cuando entró se transformó en caballo y el perro empezó a ladrar, los animales a hacer ruidos y la casa empezó a moverse; yo, cuando vi ese caballo negro tan grande, tuve miedo de acercarme, pero el perro lo acorraló. Hasta el día de hoy, no sé explicar que es lo que tienen esos perros cinqueños, pero la verdad es que ese era guapo y logró que el Zángano se convirtiera en gente; fue ahí cuando desenvainé y le fui en encima con el machete, pero el Zángano era rápido, y evitó varias veces que yo lo alcanzara. El ambiente, mejor digo, el lugar, era incómodo y se me hacía difícil poder darle, pero el perro me lo tenía acorralado y como en medio del pleito varios caballos se escaparon, la familia salió armada para ver lo que pasaba. Me acuerdo como ahora que a uno de los trabajadores, cuando vio al Zángano, nada más se le escuchó decir: "Paticas pa que te tengo" y salió corriendo. La cosa es que, entre los hombres que fueron a ayudarnos, había uno que parece se sabía muchas oraciones y empezó a orar, y cómo después de cinco minutos reburujao, le pude dar y cayó tendido. De uno solo, pero la cosa no termina ahí, después que estábamo, tratando de conseguir los animales que se habían escapado, de la nada apareció un guaraguao enorme que se llevó entre las patas el cuerpo del Zángano. Nunca en mi vida he vuelto a ver una vaina así, nunca, aunque después que me mudé por aquí, a la casa venía un hombre blanco y grande enamorado de una de las muchachas que siempre se iba por el lado de la calle por donde cruza la cañada, y un vecino que vive del lado atrás de tú casa me dijo que lo vio un lunes en Samaná, como a las diez de la noche... Pero, que pasa, ese día que él vecino lo vio en Samaná, el tipo estuvo aquí, visitando a Mariana y se fue a las 9 de la noche ¿Cómo un hombre que a las 9 estaba en la capital de repente aparece en Samaná? ¿Huh? Explíquenme eso ¿No saben? Pues yo se los diré, el tipo era un Zángano de los que viajan por los charcos –Pero podría ser otra persona que se le pareciera, le dije de forma inocente. –Qué pendejo estás tú, yo le pregunté a Don Elías, y él me dijo exactamente cómo era y cómo estaba vestido. –¿Y qué hizo entonces? Oh, mi hijo, qué voy hacer, le dije a los muchachos de aquí, de casa, que se prepararan, y el día que se apareció le sacamos los machetes y no tuvo otra que salir corriendo en dirección a la cañada. Ahí desapareció. Esos pájaros, no son fáciles, enamorando a mi hija. Vaya usted a saber. –Pero Don Quico, usted no me ha dicho dónde consiguió el perro cinqueño ¡Oh! Mi hijo, esos son secretos de tumbadores de brujas.

No pude concluir la conversación, los chicos me llamaban para que fuera a jugar pelota y de esa forma terminé la tarde, pero en la noche, después que todos se habían acostado, se me hizo muy difícil dormir y más aún cuando en la madrugada escuché dos risas macabras, una de una mujer y la otra la de un hombre; ambas en el techo de la vecina que vivía junto a mi casa.

EL CONSEJO

Escuchen muy bien lo que les voy a contar, para que cuando lleguen a esta edad no se quejen, ni nunca digan que nadie les dijo nada... Si se llevan de consejo, morirán de viejos. Ya han pasado tal vez uno o dos años desde que pasó y muchos de ustedes, mis queridos, aún no habían nacido. El incidente, que les voy a contar sucedió unos días o tal vez una semana antes del mes de julio, no recuerdo exactamente cuándo, lo que sí sé, es que sus ataques se habían convertido en un dolor de cabeza, en una especie de enfermedad de la cual sólo yo era la cura y no estaba siendo muy efectivo que digamos. Mis superiores me estaban dando una oportunidad, cuyo precio era invaluable. Todos los días, el malhechor atacaba de forma repentina, audaz, voraz, hábil y sobre todo cautelosa ¿Cómo rayos podía realizar estos actos de una forma tan minuciosa? Por ejemplo, en el cuarto de la sirvienta, se robó todos los dulces, que ella guardaba celosamente en una caja de metal dentro del armario de su cuarto; al jefe de la casa, le dañó las pastas que él mismo había preparado para una ocasión especial, y ni hablar de cómo los niños se quedaron sin calzados, izquierdos o derechos... Mordeduras de libros, orina en la caja de herramientas, en el aposento, la sala, en fin en toda la casa, pero no obstante hacer todo esto el muy descarado, en una ocasión aprovechó mi ausencia, y tal vez como un símbolo de desafío, utilizó mi caja de arena.

Yo realmente era bueno en lo que hacía; tenía años que no me encontraba un enemigo tan bueno, aunque mis habilidades ya estaban mermadas por los años y yo ya, como pueden ver, soy un veterano de mil y una batalla. Sin embargo, para mí era inaceptable perder ante un enemigo de esa categoría. La noche era su manta, su refugio, la noche era su protectora y de ella se valía para cometer sus atrocidades, las cuales ya me tenían al borde de la desesperación. Sus cometidos eran superiores a cualquier otro que haya visto, no dejaba rastro de cómo había penetrado, por dónde lo hacía y ni siquiera mancha alguna. Era perfecto. Dos o tal vez tres días después del último robo, en el que se llevó un poco de maíz que había en la alacena, decidí, en medio de la mañana del día siguiente, inspeccionar detenidamente cada rincón de la casa, cada lugar por donde el muy desgraciado podría entrar, pero desafortunadamente en todo el día no encontré nada, absolutamente nada, todo estaba limpio. Cansado de tanto buscar, no me imaginaba como poder atraparlo; todo parecía que yo terminaría saliendo de la casa fruto de la incapacidad. Esa tarde era hermosa, sin embargo, yo me dejaba atrapar por la tristeza.

Tiempo después, qué sé yo, tal vez uno o dos días...decidí visitar a uno de mis vecinos, Pipo, bautizado así por su dueña, Eugenia, quien lo habría rescatado de la calle mientras estaba muy pequeño. Tanto Pipo, Maxi y yo somos de la misma edad, y nos conocíamos desde hace ya varios años. Es cierto que en tiempo de celos sucedía una que otra pelea entre nosotros, pero es normal, es parte de los que somos y no lo podemos negar, por más domesticados que estemos. A diferencia de Maxi, Pipo y yo somos vecinos, y cómo si fuéramos miembros de algún cuerpo castrense habíamos mantenido, hasta hace unos años, un ejercicio exhaustivo de eliminación en cuanto roedores se trataba. Recuerdo que para un verano, se mudaron unos señores en una casa de madera, en la esquina que da entrada a la vecindad, y con ellos, dentro de su mobiliario, habían transportado una buena cantidad de ratoncitos que no tardaron en hacerse notar días después de la mudanza. Lamentablemente para ellos, acabaron en nuestras garras.

¡Ah! La juventud y esa capacidad motriz implacable, junto a la tenacidad y un muy desarrollado instinto felino, fueron suficientes para acabar en un dos por tres con todos esos roedores ¡Wao! Qué tiempos aquellos. Vigor y ferocidad. Empero, ese día mientras caminaba, me dejé arrastrar por pensamientos sin cauce. La vida fuera de mi casa, ¿cómo sería? ¿Podría yo sobrevivir a ese caos llamado calle? Las respuestas eran claras, no hay que ir muy lejos: Botas, un gato blanco con las patas pardas y delgado que residía al otro lado del parque, murió atropellado por un camión de agua; lo cruel de su muerte no es que haya sido atropellado, sino el hecho de que después de que sus dueños lo lanzaran a la calle se enfermó y estuvo varias veces a punto de ser mordido por perros; los niños lo apedreaban y siempre que irrumpía en patio ajeno era sacado a escobazos o pedradas; se puso muy feo, cojeaba y fruto de su estado le era muy difícil cazar... con tan sólo recordar a Botas se me erizaron los pelos, lo que me hizo apresurar el paso; crucé hasta el patio de la casa donde reside Pipo. Aunque no recordaba la última vez que nos vimos, sí recordaba lo gordo que estaba –apenas lo podía creer, era como ver a Usain Bolt obeso–. Estando en el patio, no seguí más allá de los muebles, así que maullé, y Pipo apareció, como si fuera una especie de gato gánster, con un caminar bien pausado, gordo, y sobre todo una mirada de pocos amigos.

– ¡Vaya, vaya, mira quién decidió por fin venir!

–No hagas una escena, sabes que estoy al otro lado de la pared, y tú también tienes mucho que no me visitas– Le dije en un tono fuerte, porque no me agradaba que repusiera en mí la culpa de que no lo visito.

–Tranquilo, tranquilo.

Lo miré fijamente, y me pregunté a mí mismo sí Pipo podría ayudarme, lo que me llenó de dudas. –Mi querido León, te veo y no lo creo, algo te trae por aquí ¿No? ¡Jaja! Como si no conociera yo ese rostro. A diferencia de Pipo, a mí me bautizaron con el nombre de León, por el color de mi pelaje, y esa forma de caminar, que según mi dueño me hacía lucir todo un felino. Fui el único sobreviviente de un parto de seis gatos, y meses después de nacer mis antiguos dueños me regalaron. Hasta el sol de hoy he permanecido envuelto de una felicidad que jamás podré describir, producto del trato que me han propiciado mis actuales y únicos dueños. Debo confesar, no era la primera vez que mi cabeza corría peligro o que me enfrentaba al riesgo de perder la seguridad de mi hogar, pero de todas aquellas ocasiones, esta me traía de mal en peor, y solamente la incertidumbre me provocaba un estrés terrible, multiplicado por cada vida que tengo. Pipo, quien me conocía bastante y desde hacía mucho tiempo, al punto que molestaba, se percató al instante de verme de que algo me pasaba.

–Me conoces mucho más de lo que sospecho –le dije tratando de transformar la atmosfera relajada en algo más serio– y peor aún, aciertas con el hecho de que vengo a pedirte algo.

–¡Desembuche camarada! ¡Jeje! El tiempo apremia.

–¿Es la hora de tu merienda? Le pregunté.

–Sí, y me pongo de mal humor cuando no como a tiempo.

Me coloqué en un mejor ángulo, acercándome le manifesté:

–Pipo, tengo un problema en casa, y es que tal vez uno o varios ratones me están haciendo la vida imposible, y ya estoy cansado de examinar y sobre todo pasar noches enteras en vigilia. Ni siquiera he podido verles el rabo, pero peor aún, en casa me quieren otra vez sacar a la calle; la doña es la única que aboga por mi permanencia y no se me ocurre nada, absolutamente nada.

–Sígueme a la cocina León ¿Quieres algo de tomar? ¿Tal vez leche o agua?

–No, gracias ¿Qué piensas? Le pregunté cabizbajo.

–Sabes, a veces pienso en aquellos años en que éramos como un dúo especial, prácticamente acabamos con todo los roedores habidos y por haber. Eran días bellos, llenos de emoción. Quién diría que un par de gatos como nosotros eramos capaz de asociarmos y lograr lo que logramos.

Hasta los perros se doblegaban ante nosotros. Pero, lo pasado es pasado y no podemos volver atrás, así que sólo me queda ofrecerte mi ayuda.

–No hay problema.

Pipo comió rapidísimo, me pidió algo de tiempo, luego regresó y me dijo:

–León, sabes que ya no somos los mismos ¿Cierto?

–Cierto.

–El hombre es un ser increíble, no sé cómo es que aún no terminamos de aprender de ellos.

–Y esto que tiene que ver con lo que está pasando. Le expresé desesperado.

–Te digo esto porque ya me expresaste que revisaste varias veces, que has estado en vigilia, y no ha ocurrido nada. Lo que te voy a proponer es que contratemos un gato del vecindario para que el haga el trabajo ¿Te parece?

–¿Contratar un gato para esto? Ni lo sueñes.

–León, hermano, yo lo hago a cada rato y a diferencias de ti. No tengo problemas con mis amos.

–Es un absurdo. La verdad Pipo que te has rebajado...

Me incomodé mucho, y el orgullo, ese maldito orgullo, me hizo retirarme sin decir nada más. En el fondo, Pipo quedaba sentado, moviendo la cola, y balbuceando algunas cosas. Yo salía molesto y lleno de rabia. Estoy viejo, pero aún doy pelea. Al día siguiente, el mismo ratón, causaba estragos y eso continuó por más de una semana y ya se imaginarán que sucedió.

–¿Contrataste al gato?

No. Me corrieron, y otro me sustituyó.

SORPRESAS DE LA VIDA

Nunca había sentido esta sensación. Tristeza y nostalgia, y un vació eterno dentro de mi pecho. Las horas, los minutos y los segundos desfallecían con cada mirada que echaba al reloj. Los fragmentos del pasado pasaban como una película por mi mente, que reflejaba detalladamente todo lo que pasó... esa noche ella me miró llorosa y yo estaba eléctrico, como sabiendo qué iba a pasar. Cada palabra que arrojaba, era un amargo presagio con sabor a soledad. En realidad, rompíamos una relación férrea de varios años, sus explicaciones no concordaban con el porqué me abandonaba, ¿Cuál era la verdadera razón? Nunca quiso decírmelo, ni nunca lo hará. Hoy, un domingo cualquiera, realizo un trastornado monólogo mental con quien una vez me amó o todavía me ama; me dirijo a la pared evocando su imagen y diciéndole como me siento. Las notas de soledad se plasman día tras día. Dentro de mí el vacío se explaya velozmente por todo mi ser. Mi cuarto a perdido lucidez, se siente lúgubre; la soledad ha empezado ha destruir mis defensas emocionales, que una a una caen paulatinamente. El crimen perfecto empieza a surtir efecto. Mientras me sumergía dentro de una depresión constante, mi amigo Tito, apareció de la nada, como caído del cielo, él poseía la capacidad de hacer que las personas se comunicaran de manera íntima, y de manera empática escuchaba, comprendiendo cada cosa. Llegó de manera acalorada, al parecer mi madre le había contado sobre mi situación, me miró de arriba abajo, extendió su mano y me puso de pie.

–Bueno, Frank, te vez tétrico.

–No sabes nada Tito, tengo varios días sin salir del cuarto, y no estoy comiendo...

–Cuando dices varios días te refieres a una semana encerrado.

–Una semana ¡Oh por Dios! No me digas algo así.

–Por cierto, siento lo sucedido con Camila...

Y fue en ese instante que empezó una larga y extensa conversación, ya saben, él jugando al papel de sacerdote y yo a del laico fiel que tiene varios domingos que no va a misa. Hasta el sol de hoy no soy capaz de explicar cómo me repuse tan rápido. Al final decidí salir a hablar con los muchachos, a caminar por el barrio, y a ver uno que otro juego de basquetbol. Sin embargo, en cada una de esas actividades llegaban a mi mente retazos de todos aquellos momentos que pasé con ella, cada lugar, cada cosa me ilustraba su imagen. Cuando llegamos a la cancha, Tito empezaba a colocarse la camiseta y los pantalones cortos; Jay, quien nos vio venir nos saludó, alegre de verme, al igual que Harry y otros más que en un santiamén empezaron un plan para sacarme de la cabeza el crimen del que había sido testigo, víctima y tal vez autor. La fulgurante tarde se sentía jovial, alegre y radiante. El ultimo de los integrantes del quinteto llegaba gesticulando, y señalándome... Él es mudo, pero igual lo queremos mucho; su incapacidad del habla no le impedía el que pudiera compartir con nosotros como todo un joven normal. El juego inició con el pito de Kelvin nuestro mejor árbitro. Corríamos de allá para acá y ninguno de los equipos anotaba. Los gritos de los chicos, empezaron a llamar la atención de todos; de repente llegaron otros equipos que decidieron hacer cola, algunos de ellos se sorprendieron al verme. Las gradas poco a poco se iban llenando, parecía que la tarde mejoraría... En medio de una jugada de "pick and roll" del equipo contrario, Tito realizó un robo de balón, imitando al "Guante" Gary payton, e inmediatamente se la pasó a Harry y este, en la penetración hacia al aro me vio solo en la zona de tres; tenía todo medido para lanzar y anotar, pero cuando el balón llega a mis manos... vi un ángel descender en las cercanías de las gradas. Su pelo castaño, su silueta esbelta, sus ojos, que aunque se situaba lejos, se notaba el verde oscuro y su piel morena, me hipnotizaron...

–¡Oye Frank!

–¡Eh! ¿Qué fue?

–Eso te iba a preguntar, sé que lo que te pasó es una pena, pero debes de superarlo...

–Tranquilo fiera, creo que lo acabo de superar, Tito gracias por el consejo, por cierto, ¿me dirías el nombre de esa joven que se acaba de sentar por ese lado?

Juan A. Pascual

Esta primera edición de *Ignacio McFall y otros relatos no recomendados,* de Juan A. Pascual consta de una tirada de 100 ejemplares y terminó de imprimirse en el mes de octubre de 2024 en los talleres gráficos de Soto Impresora. Santo Domingo, República Dominicana.

www.ingramcontent.com/pod-product-compliance
Lightning Source LLC
LaVergne TN
LVHW090134160826
845673LV00017B/2466

9789945654752